運河叢書

歌集 もこもこ

ぬきわれいこ

現代短歌社

目次

もこもこ

いのち

おもおもと黒きコートの丈長し妊りしことわれに告ぐる子

母となる寂しさもやがて思ふべしわが胸ふかく息づくものを

はつなつの光の中にひらひらとリボンのやうなる子のマタニティー

軀《み》に重く育ついのちを守りつつ子はいきいきと夏越えてゆく

うすものの衣まとひて歩みくる娘のあはれみづみづとして

さらさらと長き黒髪垂らしつつ重き不安をわれに告ぐる子

日をへだて会へばいのちを育てゆく娘の面輪《おもわ》すこし変はりぬ

声に出さぬ問ひのいくつを抱へをりわれに不安の思ひきざして

たてがみのごとく吹かれて朝空に九月終りの雲うつりゆく

神の手

横顔を見せる胎児はおぼろにて性別いまだ神の手のうち

さまざまに変はる体位をとらへつつ胎児のふいに鼻高く見ゆ

真横向く鼻高き胎児見えながら人と言ふにはいまだはかなく

今生れし赤子の性別聞きながらをみなの性のあはれ愛《かな》しも

不意に湧く涙ぬぐへば目の前にからだ丸ごと赤しあかごは

生まれたてのあたま並べるその中に一番赤い子わが娘の子

見ゆるごとわれを眺むる嬰児《みどりご》の開きしばかりの濡れたるまなこ

冬の桜

散るものは散りて林のしづかなる幹に照る日の白き白き午後

言ひかけて言はざるままに切りたりし電話をつつむ空間の闇

白檀のかそけく匂ふ君の背わがために扉開けくれしとき

乳の香にあらず花の香にあらず君の腕《かひな》のなかに眠りて

折々によぎるむなしさありながら吾にたしかな位置占むる人

朝夕に心揺れつつ逢はぬ日の幾日過ぎて梅雨に入りたり

またの日のあらぬと思ふ君と佇つ冬の桜の白き花影

分かち持つかなしみありて沈黙のしばしのときも心は満ちぬ

耳たぶに血潮ながるる音ひびくうつうつと夜の枕につきて

どろどろに一夜眠りし朝覚めてかすかに痛む身のひとところ

指先に脈うつものを捉へつつ心のみだれひたすらに耐ふ

赤子

夢のごとし涙のごとし嬰児は初の空気を吸ひつつ眠る

両手の指かたく握りてうつそりとみどりごの目はうごきはじめつ

声きこえぬガラスの中に嬰児は全身赤く泣きさけぶらし

こんなにも赤いものかと今生れし嬰児の肌おそれつつ触る

ももいろの足つんつんと空《くう》を蹴る並べられたる赤子と赤子

大きな大きなあくびをしたるみどりごの口ふかぶかと浄き桃色

待ち待ちし赤子抱きて近づける娘のまなこいたく澄みゐつ

朝の風

夫のため豆腐の水を切りてゐるわが行く末の混沌として

ことごとくエゴの花散りさいさいと森に朝の風吹き通る

あらはには心見せざる人にしてオートバイ不意に売りに行きたり

みどりごの口にあふるる乳の香に混じりて庭の木犀匂ふ

まなじりに冷たきものの流れたり心しきりに人をうとみて

逝きし人と己が写真をかかげつつ君のくらしのあはれ清しも

哀しみを遣らんすべなく箏弾けり月の明るきこの夜更けつつ

わらべうた

ぶつぶつと呟く娘の声聞けば己が子に夜更けわらべうた唄ふ

花びらのゆるびゆくごとゆつたりと頰の動けるみどりごの笑み

湯にほてる赤子は赤き身を反らし口をすぼめてほのかに笑ふ

笑ふのか泣かうとするのか嬰児の笑むといふにはいまだはかなく

独り身のままに産みたる子を抱《いだ》く娘はひしとその胸に抱《だ》く

手より手にいだかれながらほのぼのと視線やうやくきまりたるらし

本心をさらすことなきか母われに告ぐる哀しみ告げぬかなしみ

梢の露

森の上は春のきざしのあはき色われにやさしき音信《おとづれ》のあれ

脱出をうながすごとくこの夜の星の一つはわれにまたたく

夕映えに子らの碑《いしぶみ》かがやきて甦りくるわれの十字架

爽やかなるこの朝の風に忘却のための呼吸をととのへてゐる

倒れ木を越えつつゆけば森ふかく梢の露のをりをりに落つ

幾通りの未来思ひて日々過ぐる楽しみながら哀しみながら

待つことの長きまひるま見下ろしの街にひらひら三月の雪

花が咲いたら

朝の夢にありありと来て笑まひたるまなざし思ふ電話のなかに

もろ腕にいだかれながらそのつよき力にまかす心にまかす

言ひがたき今を惜しみておほどかに満ちてしづかなる桜とわれと

娘と夫と背を向けながら住む家に両手を振りてみどりご笑ふ

柚子ひとつ掌の中にありほのぼのと香れるものよ過ぎゆくものよ

衝迫のふいに襲ひて立ち止まるロダンうつむく「かなしみの像」

自画像は悲哀か怒りか「ロダン」展その腕突き上ぐ白き大理石《なめいし》

いたはりを互みにもとめさぐりあふ受話器にひびく夜の君が声

感情を抑へて語る君の眼に光れるもののわづかに見えつ

やがて花が咲いたら二人で見に行かう約束なんか必要なくて

黒き乳母車

わが家にこの頃たてる新しき匂ひと高きみどりごの声

しげしげと眺めて愛《いと》しをみなごの形ととのふ赤子の裸身

子の父を夫と呼べぬ娘にて夕べ押しゆく黒き乳母車

みどりごは抱《いだ》かれながら空を見る雨の昨日も日の照る今日も

虞《おそれ》れつつ日は過ぎてゆく娘《こ》のこともその子のこともわれの齢も

乳母車に乗せられながら笑ふ子に笑ひ返してすれ違ひたり

顔ぢゅうを崩して笑ふみどりごよ笑ひながらに抱かれてゆく

みどりごのいだかれゆきし乳母車黒きマットに窪みのこして

この家に再び来しか夭折の吾子につくづく似たるみどりご

その運命《さだめ》知らざるままにみどりごはひと月を経て五センチ伸びつ

みどり児のあくびするとき不可思議の花のひらけり清きくちびる

もこもこ

われと娘とその子と初の祈願するたつた五円を捧げしのみに

お焚き上げに投げ入れたちまち炎たつ詠ひつくせぬ哀しみの歌

柚子ひとつ掌にありほのぼのと香れるものよ過ぎゆくものよ

覚めかけてまた見し夢のいく度か舟に乗らんと岸歩みゐき

扉ひらけば未来が見えて君とふたり手をとりてゆくわたくしが居る

あたたかきてのひらの余韻胸の上に置きて眠りぬこの夜は早く

わがうちにおびき出さるる感覚のありてすばやく耳を覆ひぬ

幻滅は感じないよと言ふ君の心をこよひ切なく受けつ

きさらぎの街のテラスにあふれ咲く奥行ふかき花舗の菜の花

応《いら》へなきことばのいくつ甦る冬の桜の満ちて咲く丘

名を呼べば振り返りつつもこもこと八カ月の児は肘に這ひゆく

三月の朝

「高い高い」八キロの体差し上げて娘は幼に息きらしをり

そむかれて楽しきわれかわかくさの妻となれざる娘とその子

「わかくさの」は新妻にかかるまくらことば

ブルーベリーの花芽にはかに枝に満つ雨あがりたる三月の朝

この先を生きるは恋に生きることマスクに眼鏡くもらせながら

触れし指の痛みを言へば夢の中の君は両手に包みくれたり

絶望はときにあこがれ　いきいきとわが指先は脈を打ちつつ

卵黄の色に照りつつゆらめきて桜の上に月は昇りぬ

獅子の口

両の手を放して不意に児は立てり生まれて十月《とつき》の頬かがやかし

獅子の口大きく開き幼児の頭を撫でる鎮守の神楽

幼子は空を見てをりわれはひとり空の向かうの春を見て居る

あむあむと歯のなき口にみどりごはあご動かして粥を食みをり

歩きそめし子の手をひきていづこまで行きし娘か日に焼けてをり

色淡く立ちて消えたりみどりごに虹よ虹よと空を指す間に

ひと筋の髪

用心深くことば選びて子に言へば金なきことを簡単に言ふ

千両の朱実の上に降る雪を捉へてをらんみどりごの瞳は

みどりごの眠りしあとにやはらかくメリーオルゴール鳴り続きをり

今日一つことば出でたるみどりごよその父の顔いまだ知らずに

半年を経たるみどりご泣けよ泣け居るけど居ない父に届けよ

地球儀をぐるぐる回す児の指の止まりしところ父の居る国

ひと筋の長き黒髪　湯の底にありて娘の居るこの現実《うつつ》

闇が不意に柔らかくなりさみしくなる言葉みじかき電話の切れて

わが言に応へなければさりげなく話題を変へしをととひの夜

振り向けば長き一夜の夢ならん子の在りしこと子の逝きしこと

定型にをさまりきれぬ寂しさの湧きくる夕べ息ふかく吐く

月見草

待つとなく待てば仄かにうごきつつ月見草の白き花ひらきそむ

つつましく夕べの庭にひらきゆく月見草のつよきこころをすくふ

そのひだをしづかにゆるめまた一枚ひらきて白き花となりゆく

かがまれば月に向かひてまたいちまい夕闇の中にひらく花びら

ひらきゆく音をひそめて四枚目のはなびらかすかかすかにうごく

かげりなき月の光に誘《いざな》はれ月見草の白き花にちかづく

ひつそりとわれをいざなふ花ならずや天に向かひて咲く月見草

森の椅子

杖をつく一人の去りて森の椅子白き花水木の影おくばかり

一人去れば杖をつきつつまたひとり午後の広場の小さきベンチ

ひとつひとつ木々の影濃き朝の森楢の落葉に霜光りつつ

りんだうの紫濃ゆき卓の上あこがれて今ひとりの食事

いつよりか唇ゆがむ己が顔屈託持ちて朝々向かふ

肉親ひとり葬りて帰る街上にまつはりて長きうつしみの影

心閉ざして今日もありしかわが帰れば闇の底ひに横たはる人

父の背中

父の背中見つつ育つといふものをこの児の見るはつねに去る背《せな》

惻々《そくそく》と娘の泣く声つたはりていねぎはの闇に耳そばだてつ

装ひて逢ひに行く娘よ幼子に赤あざやかなる服を着せつつ

笑ふとき前歯つつましく並びゐて近々見れば幼はにかむ

両の手がやうやくのびてをさなごは青きトマトをてのひらに持つ

瞳二つまぶしくひらき幼子は考ふるらし人の言葉を

わが姓にもどりし娘とそのをさな共に住みつつ過ぎし二年《ふたとせ》

救急車

君を運ぶ救急車に乗り「神様、神様」血に染まりたる髭みつめつつ

左手は計器に取られ右の手はわれの握るを君は知らずや

白きガーゼの下に瞳をみひらきてやうやうわれを捉へたりしか

爪の中に入りて乾きし君の血を洗はぬままに夜の更けてゆく

窓外の風に折々気付きつつ脳外科検査に入りし君待つ

「大丈夫、大丈夫」と立ち上がる君のまぶたのふくれて蒼し

拭き取りて君の血液吸はせたるわがハンカチのその後の行方

寂しき背《うしろ》

うづたかく温みある葉を踏みてゆく楢も紅葉もかたち残るを

薪くべてひたすら炎守りゐる男あるとき寂しき背《うしろ》

ほむら立ち透き通るまで燃えてをり林檎の枝はかすか匂ひて

礼拝のオルガン聞きつつひとときを心つつしむ旅人われは

うち晴るる秋野を越えてひとり見る「泪」の茶杓「この世」の香炉

徳川の栄華の名残めぐりつつわが立ち止まる花の狩衣

妻といふかなしみ持てばひたすらに山を歩きぬ雲を仰ぎぬ

小さき笑ひ

幼子の声に明けつつわが家は新しき年の翳をまとへる

抱かれて幼は高き声あげつ冬空に迅《と》く雲のうごきて

水を含み水を吐き出し幼子はわれに小さき笑ひを呉るる

立春の過ぎて明るき土壁に希ひ切なるわが影のあり

雨降りてたちまち冷ゆる二月尽クリスマスローズの一花ひらく

一人の丈へ失ふときを怖れつつ今日も約束の電車に乗りぬ

夢覚めて夢を追ひをり力なきわが髪ゆびにかきあげながら

てのひらに捉へたりしと思ひつつこの手は何も摑んでゐない

もういやだいやだいやだを飲み込みて夜の階段あやふく下る

詮方なき思ひにをりて夜の更けぬ机上に握る手の影深く

結論の出でぬ対話に子もわれも疲れ寝《い》ねたり午前二時頃

哀しみはかなしみとして身の炎《も》ゆるわがいづこにも翳ともなひて

ひとに告げてすべなきものを抱ふれば夜は小さく身を曲げて寝る

昨日のこと思ひ返して歩み入る雑木林にコジュケイ群るる

日の入りて空の茜のうすれつついつしか黒き雲のよりあふ

苺食べし幼に甘き匂ひたつよたよた立ちて頬寄せくれば

指さして絵本に高き声あぐる意味つながらぬ幼のことば

単語単語出でつつ幼の連想はどこまでつなぐどこまでひらく

保津川

嵐山の夜更けの湯槽にただひとり仮睡のごとき時を過ごしつ

保津川の流れ静かにひびく夜二人の鍋に湯どうふゆらぐ

この夜の時移りつつひつそりとわれに伸べくる腕《かひな》をぞ恋ふ

いつまでも川に動かぬ鷺一羽飛べよ光れよつのる思ひよ

沈痛に曇りてさむき大堰《ゐ》川五位鷺一羽立ちてまた飛ぶ

もののの音もののの色なき闇の底かすかに水のながれゆく音

耳二つそばだてて心ひつたりとつぶやくごとき人の声聞く

ただひとりわれにあまゆる人ありて切なきこころかぎりなく湧く

その胸に額をつけてゐるのみに足らへるわれかこの夜もまた

つづまりは哀しみ共に持つ二人ことば選びて明るき会話

甘え合ふ齢ならねば夜の電話切りて両手を胸に眠りぬ

何も言へず何も聞かざるとき過ぐる言葉は胸にあふるるものを

逢へぬまま過ぎゆく夜々に咲きつづく芙蓉は夕べ色変へながら

わが心やうやう安らふ夜の部屋ノートの上に羽虫が遊ぶ

学生証

襖閉ざし夜を読みつぎ晩年の母の寂しさに少し近づく

七月の明けの光に歩みくるおぼろに白き亡き吾子のかげ

夏空に大手ひろげて飛び立ちし少年は今もわが内に棲む

追憶のわが夏逝けりあこがれて悔しみてなほ挽歌うたひて

わが内に暗き夕べの街がありて後《うしろ》姿の人らが歩む

迎へ火を焚きつつ思ふこの家に住みしことなき夭折の子ら

捨てがたきものみな捨てて子の遺しし学生証に思ひ出つなぐ

シャボン玉

ひらめきはたちまち失せて明け方のうすき茜の光に向かふ

シャボン玉虹のごとくにふくらめばたまゆら光の中の幼子

わが痛みを癒さんとするのか幼子はやはらかく匂ふ頬寄せてくる

小さき手にぶだうの数を数へつつ児は育ちゆく父なきままに

詠はねばただ不安にてこの夜更け明日を怖るる文字つらねゆく

ただならぬ心の動き現れて娘の表情ふいに険《けは》しき

言ひたきこと抱ふる娘かわが部屋の襖の前に立ちて去りゆく

指先に青きインクの滲みつつ今宵深まるわれの孤独は

くらぐらと幾百の葉むら打ち続く森ゆるがして降る夏の雨

森に吹く夜の嵐のしづまりてわれを支ふる遠き声あり

ジャンケンポン

目覚めたる夢のつづきを見んとしてさびしきことに思ひ至りぬ

こころ傷むことはさておきいとけなく喜ぶものと共に笑ひぬ

「飛行機が止まってる！」と幼子の指差す空のはろばろ青し

幼子のひとりあそびのひとりごとまぶしきものをしばらくのぞく

幼きはをさなき知恵をめぐらすかうしろずさりに階段くだる

自我強く育ちゆく子よ枕辺に猫とキリンとアンパンマンと

勝負にはならぬ幼のジャンケンポン無意識にまたこぶしをひらく

夜の階段

確かめてこころ足らへば重きドア共に押しつつ夜の街に出づ

耳たぶにピアス通してうす青き夕べを歩むこころ解かれて

灯を消ししたまゆら闇の天井にわが悖徳《はいとく》の残像うかぶ

ふり向けばひとつの影の消えてゆく無限に暗き夜の階段

手袋の左手ばかり残されてわれに苦しき二月の終る

朝対《むか》ふ鏡の中にをののきてさびしき眉をこの朝はひく

倒れ木を越えつつ進む森ふかくひしめいてゐる言葉の虚実

ひらがな

つなぐ手を払ひて幼は駈けてゆく低き視線に何か見つけて

目に見えてこころ育つか二歳児は脱ぎしものゆつくりゆつくりたたむ

おのがおむつに「みひろ」と書かれ入園のこの児はひらがな三つ覚えき

ポケットに左手いれて足を組む何を覚えしか二歳のこども

親なれば娘なればとわがこころ抑ふることにいつしか馴れつ

一日ごと森のふくらむこの朝《あした》はづむやうなる旋律うかぶ

寂しみて見れば娘とそのをさな星に届かぬ石投げてをり

朝の森

朝々を歩む林に白々とえごのこぼれて木下に匂ふ

いのち危ふく触れあひしことのいくたびぞ流れのひびき遠くなりつつ

まどろみより覚めしわが目にすこやけき寝息たてゐる君の横顔

街の灯の目にあたたかき夕まぐれ心に一人を祈りつつゆく

あらがひてあらがひて衝く重き息パールのピアス耳に冷えつつ

やや丸き瞳ありあり現れて目覚めたるとき不意なる涙

花鋏にぎりて歩む朝の森われに華やぎかへる時の間

掌の中の胡桃ひとつに豊かなるこころとなりて森より帰る

十三夜

月光のあまねき夜は泣くごとく林の幹のみな濡れてをり

麦畑を抜けて入りゆく楢林怒りを入るる袋あらんか

鎮まりて化石となるかこの森に倒れし松の殖えゆくばかり

「おつきさま少し曲がっている」といふ二歳と仰ぐ十三夜の月

明け方の夢に亡き子がわが家に入りがてにして佇みてゐき

杳《とほ》き日に亡き子と見たる白き鳥図鑑のなかに羽ひろげをり

飛び立てば一羽あと追ふ白き鳥われの心の失ひしもの

くれなゐの鶴

父親の記憶消えつつ育つ子か貝を拾ひて海辺に遊ぶ

幼子の背の袋よりこぼれたる砂に一日の海がきこゆる

幸せの未来のあれよ顔寄せて幼子と折るくれなゐの鶴

子の摘みしつくし・たんぽぽ・卓の上にわが家にかつて並ばざる春

叛く日をわれは秘めつつ雛罌粟《ひなげし》のくれなゐの花をさなごと摘む

いくたびも整理されつつおもちゃ箱の隅に逃れし熊のぷーさん

遊ぶ子のひとりつぶやく声きけば母に言はれしそのままを言ふ

かがまりて集めし子らのてのひらの花びらはまた風に散りゆく

かなしみを包む思ひにもろ手ふかく児のやはらかさまるごと抱く

この宵のわが哀しみに子は来たり机の前にエンピツ握る

三歳のこの子はをみなわれも女《をみな》をみな美しをみな哀しき

青きカクテル

「泣くためにきたわけじゃない」ただひとり淡きブルーのカクテルに酔ふ

かなしみに朝の光が差してくる羽をもがれた私のむくろ

髭白き人が手招きしてをれば水かき分けてひたすらの夢

昨夜《きぞ》のわが心がポストを落ちてゆく音ききてより今日が始まる

コジュケイの笹を踏みつつ急ぐ音群れの中なる一羽遅れて

触れながら向きあひてゐる優しさと寂しさつつむ青き街灯

駅の灯のとどかぬ闇にふれあひし掌のあたたかさつつみて帰る

金魚のことば

くもりゐし眼鏡の端に捉へたる琉金の尾のゆらぐくれなゐ

ゆるやかに向きを変へゆく黒き尾びれ金魚のことばきこゆるごとく

金魚鉢のぞく幼は顔あげて「きんぎょときんぎょおはなししてる」

虹見ゆるところまで行くといふ幼に歩み合せて夕空の下

わが二つのまなこのために持ち歩く眼鏡は三つレンズは六つ

胸ふかく鎮まりがたきものありて黒き金魚の尾びれ目に追ふ

夜の鏡拭へば翳のふかまりてもどらぬ夏の花ゆるるなり

てのひら白く

告げられし病名思ふ車内にて開くてのひら白く乾きつ

胸内の寒き思ひよいくひらの落葉浮かべる森の水溜り

愛憎の果てなき家に眠るときためらひもなく人の恋《こほ》しも

訴ふる心書きたるわが手紙溜まりしままに秋となりゆく

涙おさへてひたすら待てば受話器よりそのうつしみのたしかなる声

日記には書けぬおのれを一錠の誘ふ眠りに今宵もまかす

聞き取れぬ言葉はふたたび問はざりき声より重きものうけとれば

風の階段

昨日聞きし声の記憶にこの朝の林は心晴れつつ歩む

森にゆつくり足を運べばよろこびの形に群れて黒き木耳《きくらげ》

蟬の声ふりそそぎゐる朝の森わが全身を濡らして歩む

ひとつ音《おん》ひとつ言葉を得んとして凝視してゐる机上の影を

畳より拾ひし娘の長き髪このごろ少し細くなりしか

シャボン玉吹きつつあそぶ幼子は「風のかいだんのぼっていくよ」

空を見る幼きまなこ動かざり雲の下にも雲のながれて

何の実か小さきものを持ち帰り三歳の子はひたすら洗ふ

仕舞ひ湯にひとり浸れる時の間を昨日と同じコオロギの声

浮名

生きゆくは死ぬより辛しと君の歌かつてはわれの詠みたるものぞ

子には子の感じ方がある　わが思ひわづかに告げて会話切り上ぐ

暗澹たる思ひに冬の終りつつ土にかがよふ青きクロッカス

ぎりぎりに耐へて暮らして今日咲きしクリスマスローズの花仰向かす

わが浮名さもあらばあれ生きてゆくこの人の世の哀しみのため

われに向ける君のやさしさは寂しさか雨のしづくは傘をつたひて
傘に触るる音さりさりと変はりたり思ひふかめてわたる大橋

都バスは飛ぶの？

入院のはじめの夜の夢の中三十年前逝きし子が来る

わが家と違ふ匂ひに目覚めたり個に仕切られしカーテンの中

消灯となりし病室をりをりにため息、あくび、もれくる匂ひ

三日目に喉を通りて落ちゆきし冷たきものを水よと思ふ

夜の空を佇ちて見てゐる一人あり少し離れてわれの立ちたり

その母に手を引かれつつ三歳は「都バスは飛ぶの？」わくわくと言ふ

消えたるは一人の影かまぼろしか振り返りたる長き廊下を

歩行禁止の札眺めをりありあまる時間の中に今朝はめざめて

傘寿とふをかしなことば君がうへにやがてはわれにも至る不思議さ

明日死ぬかもしれぬと言ひし君のことば耳に鎮めて眠るほかなく

一管の笛

互《かた》みなる傷持ち合へば酌みながら寡黙の人にかく馴れて過ぐ

昂《たかぶ》りを飲み込むすべの身に馴れて一日の逢ひは絵を見てめぐる

触れあはぬ心と心からみあふ息すれば息身じろげば影

相逢ふて苦しく酔へば帰りきて雛《ひひな》の前にしばし坐りぬ

背伸びして爪先だちて幼子はポストへ母の苦しみ落とす

おはやうと雛に向かひ両手つく登園の前をわが幼子は

泥のひひな紙のひひなを並べつつ幼はふいに高き声あぐ

幼子のにぎりしめたる手の中に五人囃子の一管の笛

をさなごにわれの気付かぬ意志あらん五人囃子の笛を放さず

影つれて林出づればやや寒き四月の風に花匂ひくる

花よりも人を見てをりわが肩に触るる花びら楽しみながら

子をひとり得たるを幸ひと言ふ娘ゆるる葉桜の影踏みながら

つぼみより寂しきものか水芭蕉水に潜《かづ》きて小さくひらく

草踏みていくほどもなき丘なりき丘の上には母が眠れる

蕎麦畑のいつせいの花白々と咲くを支へて細き朱の茎

頰のかげ

積みて来し思ひ出いくつわかち持つ人はをりをり遠き目をして

泣きたくて泣きたくて対ふ夜の鏡かすかに頰のかげゆがみをり

ゆくりなく生まれて家族となりし子に助けられつつ四年の過ぎつ

えびせんべい一枚くれる幼子の肩を引き寄せ涙を拭きぬ

くれなゐの淡くなりたるさるすべり花打ち葉を打ち雨降りつづく

いくたびも思ひ直して草むらの踊子草の花を見てゐる

夕雲をしづめてゐたる水たまり今朝は乾きてセキレイ歩む

さびしき器

すぐそこに人のゐた筈たつた今覚めたる夢のまだあたたかく

覚め際の夢にさびしき人の顔ふかき憂ひをひそませながら

まだ暗きあかつき前を机の前に夢のつづきのやうに坐りぬ

ひとを思ひ閉づるまなこにまつはりてしばし障子の白き残像

ためらひてとりし電話にふかぶかと耳に入りくる声とことばと

皿舐めて去らんとしつつ振り返る猫の意識にわれはをらずや

未来には触れず帰りて水道の水をゆつくりコップに充たす

生ひ立ちの翳をまとひて育たんかこの家にひとり遊ぶ幼子

ためらひて踏みゆく草に濡れながら昨日の嘘のよみがへりくる

身をかがめ水の中なる顔を見るわが存在をうたがひながら

空襲の夜を書きつつペンを置くわが歌はつねにさびしき器

嘲ふ声

口重きひとの心を知りたくて眼鏡の奥にまなこを凝《こ》らす

さりげなく別れの際に重ねたるてのひらにまたあふれくるもの

八月の日照雨《そばへ》きららかに過ぎゆきて黒き揚羽が忽然とくる

燻《くすべ》色・香色・茶色・琥珀色・わが内ふかく溜まる涙は

小さき耳二つ開きて立てる壺のぞけばわれを嘲ふ声する

灯の下の青き青磁に水そそげば壺のうちなる闇せりあがる

秋空の下

抱きしとき濡れたる髪の匂ひたり今宵は母の居らぬ幼子

ぐにやぐにやの眠いからだを抱き上げて陽の匂ひする髪ほぐしやる

川あれば川花あれば花に立ち止まる幼子とゆく秋空の下

やはらかく小さきからだ抱きしめぬ家内のうれひ救ふ幼子

名を呼ばれ名をよばれつつわが家に父のなきまま子は育ちゆく

日本地図のジグソーパズル埋めながら耐へて居るらし母居らぬ夜を

指ふれて前歯が動くといひながら子はたちまちに寝息たてそむ

幼子の瞳はかくも輝くか師走の朝の霜に驚き

夕べの茜

母の齢越えてしきりに母思ふさきはひ薄く生きたりし人

若き日のおのれ尋ねて読みすすむ秋の灯ひくく低くかざして

身にふかくわが持つものをこの夜の月の光はくまなく曝す

冬と思ふ林の上の空白し家のがれきてうるむまなこに

忘れてはならぬも忘れてゆく日々よ色づきそめし森の中ゆく

裸木の並ぶ睦月の雪景色われのをみなはまだゆたかなる

いつしかにまひるの逢ひの途切れゐて夕べの茜ひとり浴びゆく

言葉ことば書きつつさぐるわが心かすかなるもの近づきながら

言はんとして止めたるわれの寂しさを酒を酌みつつ人は知らずや

甘えたきこころ唐突に湧き出でてひとり微笑をつづけてゐたり

つづまりは哀しみとなるわがことば溜まれる胸の妖しくひらぶ

わが裡のさびしさに触れ夜の部屋にとどこほりゐる畳の匂ひ

星ほろび星生《あ》るる音思ひつつ立春過ぎし夜空を仰ぐ

広き額

おほどかに風に乗りたる白鷺の近づきながら東へ向かふ

首あげて佇む一羽の白鷺に近づく鷺は羽ひらきたり

夏四たび重ねてものを思ふらんエンピツ握りて幼は眠る

髪にリボン結びしままに眠る子を目守《まも》りて居れば涙にじみく

朝な朝な両掌合せる幼子の祈るにも似てうごくくちびる

くろぐろと長きまつ毛を伏せてをりわれに似てゆくこの幼子よ

少し切りし髪に手をあて四歳は鏡の前に幾たびもゆく

箏爪をはめたる童女手をつきて「おねがいします」と祖母われに言ふ

会ひ得ざる父に似たるか幼子の髪あぐるとき広き額は

団子虫だんごとなりて死んだふり子のてのひらに運ばれながら

屋根の雪ひびきをあげて落つるとき家内にわれと金魚おどろく

きさらぎの障子をあけて箏を弾く今日より母を越ゆるうつしみ

沈　黙

あらはには見せぬ孤りのかなしみを嘆きを君はひしひし詠ふ

重々としだるるさくら沈黙はなほ沈黙を呼びて佇む

言葉すくなき胸の奥処を聞き分けてはや十年にならんとするも

どのやうに言ひても心伝はらぬ人に青葉のかげが揺れをり

面ざしの似通ふ人とこの朝も林の中にすれ違ひたり

池の面に水《み》しわ凍りて照り返す朝の光のしづかなるかも

森に湧く霧おもむろにうごきつつ木々の梢の白く現る

「いつつ」

驚きは今日またあたらし昨日より五歳になりて一人髪を洗ふ子

ひとりの世界持ちはじめしか声たてず童女は絵本の頁をめくる

「いつつ」とはたのしきことばキラキラとかがやく幼女近づきてくる

「うなゐ髪」の語感やさしく口ずさみ女児《をみなご》とゆく川沿ひの道

いただきまで咲きのぼりたる立葵今日は子の忌と立ち止まりつつ

天上より母をえらびて生れ来しと幼子は不思議な記憶を語る

問ひかけて言葉のみたる瞬間に豆腐のかたち箸に崩るる

思ふこと思はるることひそやかに互みの齢ふかく重ねて

さりげなく心抑へて夏の夜の二人の卓にグラスをかかぐ

晩年といふはいつより八十を九十を越えてゆくか互みに

広島

石にうつりし人の形のくろきかげ六十五年の過ぎし広島

生きること奪はれ逝きし「さだこ」ちゃん絵本になりしをわれは子に買ふ

セメントに支へられつつ記憶よりさらに崩れし原爆ドーム

足元に一羽の鳩のまつはるにつまづきながら慰霊の文字読む

声のなき声満ちてゐる資料館人のうしろに死者らをのぞく

千羽鶴両手に抱へし少女らの仰ぐ「さだこ」の像は濡れつつ

碑《いしぶみ》に積みし歳月一人子の名にたまりたる砂を払ひぬ

生きてゐる生きてよかつた詠はうよ風は黄泉から吹くと言ふから

お月さま

たよりなく森の奥より聞こえくるあれはたしかに初のかなかな

木々の梢ふかぶか沈む水の底かの世の空か白雲うごく

水にありて月静かなり夕空をうつせる森の小さなる池

ことばことば削ぎ落としつつただ一つ削れぬものに幾日対ふ

水底に差し入るひかり透明に透明にして翳となりゆく

かぎりなき底ひと思ふ青き空うごかぬ空を水はうつして

石ひとつ光る水面に投げおとし狂はんとするおのれを保つ

「お月さま洗ってあげたい」といふ幼ああああほんとによごれてゐるね

おそるおそる口を大きく描きたる子の「らくやき」のうさぎは笑ふ

さりげなき手紙の中に苦しみて神に依りゆくそのさまあはれ

いま一度振り返るかと立ちてをり伝へたきこと何か忘れて

目の前の書棚にならぶわれの著書をりをり開き時さかのぼる

見残せし夢惜しみつつよみがへる遠きかの日の重き潮鳴り

あざやかな色ある夢に人佇てりおぼろおぼろの横顔にして

わが声の聞こえざりしかややありて無言のままに受話器おく音

言葉ではない言葉ではない電話みじかく切れてみなづきの夜や

千年前の

飛鳥《あすか》の坂くだりてくれば積まれたる稲束幾千の籠る香のたつ

水光り草の光りてゐる原にをりをり風のひそやかに過ぐ

千余年ここに立つのか人のかたち猿のかたちに岩は彫られて

固めたる土積み上げて造られし千年前の塀に手を当つ

千年の冴かへらぬ芒原　平城宮跡はろばろとして

虚と実のあひをさまよふわが思ひ二上山は影こくなりぬ

みほとけの深きまなざし仰ぎつつ言葉おのづとみづからに対《む》く

風　草

諦めるほかなきわれと知りながら電話かかれば耳をすましぬ

逢はぬまま幾日ならん宵々の記憶にうかぶ爪をつむ音

飛ぶ鳥の嘴から嘴へうつさるる青く小さき虫のあはれや

光りつつ穂先なびける風草のわれをいざなふあかつきのいろ

明日伐ると子にも教へて仰ぎをり色づきそめし古き柿の木

十本のさびしき指を仕舞ひおく黒手袋のなかのくらやみ

笑ふ石と泣く石ならび春の夜の夢の羅漢は起ちあがりたり

歌に訴へおのれに訴へ来し人のこころを思ふまなこつむりて

われの時間まだあるやうななきやうな幼子の皿にパンわけながら

月　影

白き帆の小さく見えて落日の茜はそこにはろばろおよぶ

三陸の津波さながら絵にありて画廊はさらに闇深くなる

秘めごとを運びゆくらし照明を落としし電車踏切を過ぐ

まだしばらくわれに時間のゆるされて水の底ゆく月影を追ふ

明日の検査ひそかに恐れ箸をとりし夕餉に貝は白き身さらす

世の中が急にわれより離れゆく心かすめて検査に向かふ

てのひらに胸をつつみてひと恋へば消灯告ぐる声の近づく

窓の外は今日も木枯らし荒るるらし検査の後をたゆく臥しつつ

帰りきて豆電球のともる部屋うれしや独り今宵はひとり

十年過ぎて

人の死を見つめ続けし哀しみか今しづかなる君の寡黙は

ひとの臨終看《み》とりみとりし君の歌こころ抑へてわれは読みつぐ

受話器伝ふくぐもりし声に耳澄ます焼酎にこの夜も酔ひてゐるらし

目をつむればまた思はるるただ一人飲みすぎないか泣いてゐないか

ひよいと手をのばせば八十に届かんか玄米おにぎり嚙みしめながら

きれぎれに過去《すぎゆき》の日々甦るみつめあひつつ十年過ぎて

ここにかう居るだけで良いつぶやきは聞こえなくても息は聞こえる

禁句にも触れんとしつつ蠟燭のあかりに伸びし影連れて立つ

この先は別れのあること折々に打ち消しながらその声を聞く

指が覚えわれを誘《いざな》ふ絃の上今日はわがため「春の曲」弾く

寂しき象

雷のはるかにひびく春まひる思ひ直して立ち上がりたり

幼子は用なく折々われを呼ぶ母よぶ時の声より甘く

読みやりし本に栞を挟みをりいつ覚えしか五歳のしぐさ

宿題の終りし少女いつの間にか留守なる母の顔描きてをり

母をらぬ夜の少女はクレヨンに寂しき象《かたち》ひたすらに追ふ

ていねいにふくさをたたむ幼子は折り紙のごと楽しめるらし

はなびらか星のかけらかきらめきてわが歳月に積みてゆくかげ

かぎりなく花は散りつつ果てのなくこの世の時は過ぎてゆくのか

梅散りて桜待つ間のこの林わがしばらくの静かなるとき

おじぎ草の葉をひとつづつ眠らせて子は駈けてゆく朝かげの道

喪の服を脱がず灯さず亡き人に贈られしパールゆつくり外す

人声の階下にありてひとり煮る豆腐の角の崩れゆきつつ

箱根より帰れば常の暮らしにて三合の米さらさらと研ぐ

あたたかき飯を運べばかなしみの薄るるごとし一人の部屋に

わがまぶたの裏にふれたる君が舌何のはづみか今甦る

赤き酒に蜂蜜入れてあたたむるこの夜ひとりの時楽しみて

母の財布

アルバムに今も残りて微笑める遠き日のわが母の桃割れ

ただ一枚母の財布に遺りゐし五円貨春の神前に投ぐ

はろばろと飛行機雲の伸びてゆくミサを終へたる元日の空

暖かき冬と思ふに昨日今日立春過ぎの雪降りつづく

あらそひの心湧くとき部屋出でてポストをのぞき戻りてくるも

むらさきの翳かと思ふ花の芽の土よりのぞく三月の朝

千両の粒の赤さやしみじみと今宵は電話に声を聞かんか

摘み取りしあとにふたたび豆の芽の出づるを楽しみ窓の辺におく

さびしさは春のたんぼにやはらぎぬゆらゆら黒き蛙のたまご

髪ゆれて

夕食の手伝ひしつつイカの目に少女驚きあとずさりする

ながながと髪を垂らせしをみなの絵幼子の描くはその母ばかり

チューリップのつぼみに淡く黄の見えて入学二日目の子はなでてゆく

学校は面白いよと帰り来し子の肩を抱くその母も吾も

雲の下に雲ながれゆく大空の今朝はやうやく初夏のいろ

宵闇のつぼみほぐるる月見草その純白にたぢろぐわれは

髪ゆれて泣くやと見ゆるこの少女その母いまだ帰らぬこよひ

長き時かけていさめてゐる娘その子しくしく泣く声のなか

寂しき行為

もの言はぬ寂しき行為よみがへり夜半の目覚めのまなこ冴ゆるも

寡黙なる電話のなかにこの夜の互みの心しばらく充たす

声聞けば互みにこの夜は眠れると一月一日の受話器を置きぬ

売りに行く金の指輪を手にとりて五十年ぶりに見る頭文字

沈黙につづく沈黙に耐へてをりわがししむらの瞑くはげしく

言ひ出づる一語一語のむなしさよ己の息のおと聞きながら

われをつつむ夕べの闇の深まりぬことば短く電話切られて

抑へきれぬ怒り抑へて立ちてをり両手に掬ひし水をみつめて

砂時計

花ひらくやうに笑まひし六歳よこの夜の夢には母のゐるらし

小鼓を習ふ少女はその肩に俵をかつぐごとくに気負ふ

この子にも救ひあるべしひたすらに声を出しつつ鼓を打つ子

まなこ鋭くわれに向かひて六歳の問ふは会へざるその父のこと

あかつきの林に入りてただ歩く樹液てらてら光る木の間を

このうへの何を望まん君ゆゑに濃き晩年を賜りながら

ひとりにて一女の母となりし子の裡ふかきものに触るるなく過ぐ

わが常にまとへるものか帰り来て扉あければわが家の匂ふ

うべなはんとすれど寂しきわれの日々砂の時計をまた立て直す

あとがき

この『もこもこ』は、『翳』につづく私の第四歌集です。
平成十七年からのものをまとめました。
拙い表現ながら、心の内を少しでも感じて戴けましたら、幸せに存じます。

平成二十五年三月一日

ぬきわれいこ

著者略歴

東京に生まれる
短歌と文章の同人誌「レーベ」代表
「日本短歌協会」会員
短歌結社「運河」会員

出版著書
平成４年　歌集『声あげて』
平成12年　歌集『卓の向かひに』
平成19年　歌集『翳』
平成21年　エッセイ集『ふるえる壺』

歌集 もこもこ　運河叢書

平成25年３月１日　発行

著　者　ぬきわれいこ
〒350-1317 埼玉県狭山市水野443-56
発行人　道具武志
印　刷　㈱キャップス
発行所　**現代短歌社**
〒113-0033 東京都文京区本郷1-35-26
振替口座　00160-5-290969
電　話　03（5804）7100

定価2500円（本体2381円＋税）
ISBN978-4-906846-38-2 C0092 ¥2381E